außerirdische
Begierde

Impressum

Autoren: Lara Dremell und Tammy Croz

Als bildende Künstlerin und Schriftstellerin ist
Lara Dremell stets getrieben von neuen Ideen.
In ihrem richtigen Leben verfasst sie
Werbetexte, Zeitungsartikel und Biografie-Texte.
Studiert hat sie Kommunikationsdesign.
Im Zuge ihrer alltäglichen Arbeit beschäftigt
sie sich insbesondere mit Psychologie.

Tammy Crosz hat Naturwissenschaften
und Psychologie studiert. Im richtigen Leben arbeitet
sie als Partnerschafts- und Sexualberaterin
Ihr Wissen um den Unterschied der sexuellen
Fantasien von Männern und Frauen hat
erheblich zu der Entstehung
dieses Fantasie-Romans beigetragen.

Covergestaltung: Lea Schock
Das Werk ist urheberrechtlich geschützt.
Sämtliche, auch auszugsweise Verwertungen, sowie die
Übersetzung in andere Sprachen bleiben vorbehalten

Herstellung und Verlag:
BoD – Books on Demand, Norderstedt
ISBN 978-3-7386-0044-5

außerirdische Begierde

erotischer
Fantasy-Roman

Nur für Erwachsene ab 18!

von
Lara Dremell und Tammy Crosz

4

für
Wolfi

*"Wenn man träumt,
soll man auf nichts verzichten!"*

Honoré de Balzac

außerirdische **Begierde**

Mein Name war Larrisa. Ich war 29 Jahre alt.

In meinem Leben auf der Erde arbeitete ich als Journalistin und Texterin für ein Forschungs-Institut der NASA.

Am Morgen des 7. Juni 2013 verliess ich wie jeden Morgen unser kleines Haus am Stadtrand von Houston (Texas), welches ich mit meiner lieben Freundin Liza bewohnte.

Das waren die letzten irdischen Augenblicke, an die ich mich erinnern kann.

*außerirdische **Begierde***

Kapitel I

Szene I

Ich erwachte in einem seltsamen Fauteuil aus fremdartigem, weichem Material, das sich feucht, sogar ein wenig schleimig anfühlte, aber nicht haftend. Ich versuchte, aufzustehen, aber das Material machte jede Bewegung mit, und riss mich ab einer unsichtbaren Grenze immer wieder kraftvoll in sich zurück. Jeder Versuch, mich selbst zu befreien, wurde an einem der Bildschirme, die über mir hingen, wiedergegeben. Ich konnte mein angestrengtes Zappeln selbst darin beobachten. Ich entdeckte breite Gurte, die immer nur dann an meinen Händen und Füssen erschienen, wenn ich eine gewisse Grenze überschritt; und direkt wieder verschwanden, sobald ich aufgab und hilflos zurücksank. Meine Bewegungen waren von seltsamen Geräuschen und Stimmen begleitet. Nie zuvor hatte ich sowas gehört.

außerirdische **Begierde**

Meine Augen erforschten diesen merkwürdigen Raum, in dem ich festgehalten wurde. Irgendwo müsste doch ein Ausgang sein, durch den ich flüchten könnte, sollte mir letztendlich doch die Befreiung aus dem Sessel gelingen. Doch es gab weder Ecken, noch Türen oder Fenster. Der Raum war eingefasst in einem kuppelartigen Gebilde, das sich aus wabenförmigen Elementen zusammensetzte. Durch die gesamte Waben-Zeile, die den Raum in mittlerer Höhe umkreiste, drang ein grelles Licht von außen, welches sporadisch von breiten, sich bewegenden Schatten unterbrochen wurde.

Warum war ich hier?
Was spielte sich da draußen ab?
Und wo, zum Teufel, waren meine Kleider?

Von mehreren Pylonen umkreist, die mit weiteren Bildschirmen und seltsamen, leuchtenden Apparaturen bestückt waren, aus denen wohl diese fremden Geräusche ertönten, versuchte ich, aus meiner fixierten Position heraus, mein Umfeld weiterhin nach einer Lösung für meine missliche Situation zu erforschen.

außerirdische **Begierde**

Nun erkannte ich, dass die Fingerkuppen meiner linken Hand in engen Plastikschläuchen feststeckten, welche über den Boden verliefen, bis hin zu einem der Apparaturen. Weiße Lichtkügelchen flossen darin hin und zurück, und ich erkannte bald, dass es mein eigener Puls war, der ihren Rhythmus bestimmte. Sobald ich mich anstrengte, wechselte ihre Farbe von weiß auf Rot.

außerirdische **Begierde**

Szene II

Plötzlich verdichteten sich die Schatten von draußen. Rechts von mir öffnete sich eine Wabe, und das wohl seltsamste Individuum, das selbst meine Vorstellungskraft übertraf, erschien direkt neben mir — begleitet von drei weiteren fremdartigen Geschöpfen, die in ihrer Gestalt dagegen eher anmutig und feminin wirkten.

Sie trugen leicht transparente, chitin-artige Gewänder, durch welche die helle Haut ihrer insektenartigen Körperglieder hindurch schimmerte.
Trotz ihrer seltenen Hässlichkeit waren ihre Körperbewegungen von einer unglaublichen Geschmeidigkeit und Eleganz.

Das waren sicher keine Menschen.
Aber sie schienen sich zu unterhalten. Zumindest tauschten sie undefinierbare Laute untereinander aus; und ich fühlte die Macht und die Intelligenz, mit der sie kommunizierten; obwohl ich das, was sie von sich gaben, nicht verstand. Es war nur sehr leise und entfernt wahrzunehmen, etwa wie in einem luftleeren Raum. Ihre Stimmlaute waren hell, monoton und vibrierend.

außerirdische **Begierde**

Das erste Wesen, das den Raum betreten hatte, war wohl allem Anschein nach das erfahrenste, intelligenteste und sicher auch das älteste Geschöpf dieser Gruppe.

Es näherte sich mir. Mein Puls schnellte in die Höhe. Sein Haupt bog sich dicht über mein Gesicht. Ein Paar bunt glitzernder Facettenaugen umkreiste meinen Kopf, fixierte dann meine verschreckt aufgerissenen Augen und sandte mir blitzartige Strahlen, die direkt in meine Pupillen trafen, und mich für Sekunden erblinden ließen.

In diesem Augenblick erkannte ich deutlich die Kraft, die allwissende Intelligenz, die dieser Schädel meiner Einschätzung nach in mindestens 3000 Jahren in sich aufgesammelt und gespeichert haben musste.

Ich hätte gerne geschrien, aber eine gewisse Faszination verschlug mir die Stimme. Um dem heißen Atem dieses eher kühl wirkenden Wesens auszuweichen, drehte ich mein Gesicht kurz nach links und bemerkte, dass die schnell fließenden Lichtkügelchen in den Plastikschläuchen nun eine bedrohlich rote Farbe angenommen hatten.

außerirdische **Begierde**

Wieder und wieder wollte ich mich erheben und flüchten. Doch ich hatte nicht die geringste Kraft mehr. Die Angst vor dem, was hier mit mir geschehen sollte, lähmte mich vollends und trieb mir den Schweiß aus allen Poren.

Nun legte dieses Wesen Hand an mich.
Mit langen, kalten Fingern öffnete es meinen Mund. Über seinen Kopf hinweg sah ich sein gruseliges Rückenteil im Bildschirm. Ich hörte seine leise Stimme, die, im Gegensatz zu den anderen, tief, rau und echoartig verzerrt klang. Was sie von sich gab, galt sicher nicht mir. Denn jetzt beugten sich auch die anderen drei zu mir und nickten ihm zu. Mit seinen Fingern in meinem weit geöffneten Mund ertastete er meine Zähne und meine Zunge. Von links schob eine seiner „Assistentinnen" eine Pipette zu seinen herumwühlenden Greifwerkzeugen und fing etwas Speichel auf. Dann drehte sie sich zu einer der laborartigen Apparaturen und füllte das Sekret dort ein.

Alle vier betrachteten jetzt gespannt den Bildschirm dieses Pylons und diskutierten die dort angezeigte Grafik, die sich allmählich in ein gerastertes Bild verwandelte.

außerirdische **Begierde**

Währenddessen öffnete sich rechts von mir noch einmal dieselbe Wabe, und weitere, etwa zwanzig dieser gleichartigen Geschöpfe gesellten sich interessiert hinzu.

Darunter eines von etwas größerer, herb und maskulin wirkender Gestalt. Nicht aber zu vergleichen mit dem sehr weise wirkenden, männlichen Anführer der Gruppe. Auch von den anderen Anwesenden unterschied er sich erheblich, denn diese waren von zarter, femininer Natur.

Es dämmerte mir, dass ich hier wohl in einem außerirdischen wissenschaftlichen Institut gelandet war, und dass es um nichts anderes zu gehen schien, als um die Analyse meiner menschlichen Physis.

Dieser Gedanke vermochte zunächst, mich zu beruhigen, doch als man sich mir mit seltsamen Geräten näherte, wurde mir erst richtig mulmig. Mit einem spatelähnlichen Metall entnahm eine der „Assistentinnen" Schweiß von meiner Haut, der ebenfalls in diese Apparatur eingegeben wurde.

außerirdische **Begierde**

Der betreffende Bildschirm zeigte nun ein fast vollständiges Gesicht, das sich nach allen Seiten drehte.

Mein Interesse jedoch galt nun den langförmigen stabähnlichen Geräten, die herbeigebracht wurden, und ich hoffte inständig, nicht etwa ein Messer darunter zu erblicken.

Die Vorstellung, man möge mir vielleicht eine Fleischprobe entnehmen, bereitete mir Schwindel. Am liebsten wollte ich jetzt einfach wegtreten. Könte ich einfach bewusstlos werden, und das hier alles nicht miterleben!

Doch die panische Angst hielt meine Aufmerksamkeit auf das Geschehnis wach. Die Apparate um mich wurden lauter, die farbigen Schläuche an meinen Fingern strahlten inzwischen in kräftigem Rot.

Szene III

Ein jugendlich feminin wirkendes Alien von zierlicher Statur, das während der Prozedur bislang tatenlos abseits stand, kam nun dicht auf mich zu, sah mich mit seinen Facettenaugen an und streichelte meine Stirn. Sie flüsterte mit kindlicher Stimme die Worte: "Pulia anik kolimu wisa".

Das wahren die ersten menschenähnlichen Laute, die ich dort vernahm. Ich verstand gar nichts, doch allein der Tonfall ihrer Worte beruhigte mich, und ich gab mich ihrem Streicheln vertrauensvoll hin.

Nun fuhr eine riesige Kamera dicht über meinen Körper hinweg und scannte mein gesamtes Äußeres ab. Immer wieder wiederholte das junge "Insekt" neben mir dieselben Worte, und bald fingen auch die anderen an, ihr im Chor zu folgen. Echoartig verhallte dieser „Gesang" und verstummte in der Ferne.

Als die Kamera verschwand, trat der allwissend wirkende Anführer wieder auf mich zu. Während er in seinem seltsamen Idiom seine Anweisungen erteilte, fuhren seine langen metallischen "Finger"

außerirdische **Begierde**

an mir herunter zu meinen Brüsten. Auch das konnte ich im Bildschirm über mir beobachten.

Zwei der drei femininen Gestalten folgten und begannen, meine Rundungen zu betatschen, sie sanft zu kneten und meine Nippel zu zwirbeln. Mir wurde heiß. "Pulia anik...was?" fuhr es mir durch den Kopf, und prompt verschwand die Angst.

Irgendwie ging es mir jetzt besser. Ich fühlte einen leichten, pulsierenden Strom, der meinen Körper durchflutete. Meinen Blick wie gebannt auf den Bildschirm gerichtet, sah ich meine Beine weit gespreizt. Der andere Bildschirm zeigte inzwischen das Linienraster einer menschlichen, weiblichen Figur.

Immer noch spürte ich den intensiven Blick des jugendhaften Alien-Weibchens, das meine Stirn gestreichelt und mich mit seinen fremden Worten beruhigt hatte.

Ihr Gesicht veränderte sich langsam und nahm zeitweise fast menschliche Züge an. Doch das war sicher nur eine Wunschvorstellung. Die hinzugekommene Mannschaft hatte sich nun dicht um

außerirdische **Begierde**

mich versammelt, um der Erforschung ihres Objektes beizuwohnen, das sie für ihren Häuptling gekidnappt hatten.

Dessen metallische Finger krabbelten jetzt noch weiter an mir herunter bis zu meinem Venushügel. "Praduka", stammelte er und ergriff mit seiner linken Hand eines der eiförmigen Stabinstrumente.

"Praduka?" dachte ich, "was soll das nun werden?" Im selben Moment spürte ich eine starke Erhebung unter meinem Steiß und meinen Lendenwirbeln. Der Sessel hob meinen Unterleib wie auf einer weichen Säule nach oben, meine Füße blieben fixiert. In dieser extremen Körperlage, in der meine Vulva fast freischwebend den höchsten Punkt darstellte, fühlte ich mein Herz in meinem nach unten gesunkenen Brustkorb rebellieren.

"Nein!" schrie ich nun, so laut ich konnte — das lange eiförmige Werkzeug im Visier. "Nein, nein, nein!" Die Menge blickte mir ins Gesicht und raunte.

"Nein" wiederholte der größere von ihnen und starrte mich an. "Nein". Nun legte er eine Hand auf

außerirdische **Begierde**

meine Vulva. Seine Augen verzogen sich fast zu einem freundlichen Lächeln. Er wiederholte es noch einmal: "Nein". Jetzt sang die ganze Menge dieses Wörtchen, und ich begriff, dass man einen Namen gefunden hatte für jene sensible Region, der das neue Interesse galt.

Ich war gezwungen, mich zu ergeben. Jeder Fluchtversuch war bislang vergebens, und aus dieser Position heraus war schon der Gedanke daran zwecklos. Allein der Bildschirm über mir erlaubte mir die Verfolgung der Dinge, die hier mit mir abliefen. Verzweifelt schloss ich die Augen und drehte meinen Kopf zur Seite.

Aus dem Hintergrund vernahm ich regelmäßig wiederkehrende sphärische Klänge. Es war ein Gemisch aus Schleifgeräuschen, Blubbern und Tropfen, die ganz leise anfingen, als nahten sie aus der Ferne heran, dann lauter wurden, als wären sie dicht über mir; und gleich wieder in der Ferne verschwanden.

außerirdische **Begierde**

Szene IV

Ich fühlte ein Kribbeln in den Innenseiten meiner Schamlippen. Es wurde daran gezogen und gekniffen. Irgendetwas glitt dazwischen auf und ab und verweilte nun in der Nähe meines empfindlichsten Punktes. Ich zuckte zusammen und wandte meinen Blick zum Bildschirm zurück, um die Gestalten zu beobachten, die sich über meinen Unterleib hermachten. Einer hielt einen langen dünnen Stab in der Hand. Offensichtlich hatten sie die Mündung meiner Harnröhre entdeckt und versuchten nun, den Stab dort hineinzuführen. Das jugendhafte feminine Alien hielt dabei meine Schamlippen auseinander und massierte leicht die Umgebung der gefundenen kleinen Öffnung, während es mich manchmal ansah und sein "pulia" flüsterte.

Mit diesem Spieß in mir fühlte ich mich der Macht über meinen Körper endgültig enthoben und konnte mich nicht mehr enthalten, zu pinkeln. Wie aus einer Quelle floss mein Urin nach unten an meinen Gesäßbacken entlang. Auch hiervon entnahmen sie einige Tropfen und speisten sie in ihre Maschine ein.

außerirdische **Begierde**

Der Weise setzte sich nun auf einen Hocker, etwas abseits, und verfolgte die Untersuchung am Bildschirm. Ich konnte deutlich sein lautes, keuchendes Atmen hören, während er seine Adjutanten bei der Arbeit beobachtete.

Weitere Instrumente folgten. Die Großaufzeichnung des Monitors zeigte, wie der Stab vorsichtig und schmerzfrei wieder entfernt wurde. Meine Vulva war nun sichtlich angeschwollen, und die prall gefüllten Lippen spreizten sich ab, so dass der Eingang meiner Vagina sichtbar wurde. Die schmalen Finger der jungen Assistentin machten sich sofort daran, diese zu erkunden. Immer wieder glitt sie dabei zu meiner Klitoris, sah mich an und flüsterte dieses fremde Wort. Jetzt endlich begriff ich, was sie damit meinte.
"Ja! " antwortete ich ihr. "Pulia".
"Ja" raunte die Menge. "Japulia", betonte dann der größere von ihnen und sah mich fragend an. "Japulia!", bestätigte ich dieses.
Was konnte ich sonst wohl tun! Immerhin schützte dieses neue, komische Wort mich vor der Angst vor vielleicht zu erwartendem Schmerz.
Geduldig erhoffte ich das baldige Ende dieser Prozedur.

außerirdische **Begierde**

Doch das ließ noch lange auf sich warten.

Ein anderes Instrument wurde herbeigebracht, das aussah, wie ein rundlicher, eiförmiger Untersuchungskopf. Als es sich meinem Körper annäherte, wusste ich sofort, was seine Aufgabe war.

Der Weise stand jetzt auf und gesellte sich hinzu. Ganz genau inspizierte er, was das junge "Insekt" ihm an mir zeigte, und gab seiner Crew weitere Instruktionen.

Der maskuline Assistent dirigierte das rundlich ovale Teil mit seinem Steuergerät langsam zwischen meine Beine. Der elliptische Sensorkopf rotierte leicht und wie ein vorsichtiger Bohrer glitt das Ding zwischen meine Schamlippen und suchte sich seinen Weg nach innen.

Nun sah ich auf dem Bildschirm rechts oben die Aufzeichnung, die das Gerät vom Inneren meiner Vagina machte. Der rotierende Sensor fühlte sich komisch an in mir; nicht unangenehm, aber doch sehr fremd, auch was die Wärmeabgabe des Materials anbelangte.

außerirdische **Begierde**

Die Rotation stoppte und irgendetwas geschah mit dem Sensor. Ich sah oben auf dem Bildschirm wie das Ding kleine Ausstülpungen produzierte, wie kleine Füßchen, die von ihm wegkrochen, um anscheinend meine Höhle zu erkunden. Ich hatte den Eindruck, der zuvor deutlich metallartige Untersuchungskopf hatte sich plötzlich in ein lebendes Tierchen verwandelt, das in mir herumkroch.

Die amöbenartigen Ausstülpungen wurden länger und länger und drangen in die entlegensten Bereiche meiner Vagina vor.

Da das Ganze so langsam vonstatten ging und so vorsichtig, hatte ich jetzt gar keine Angst mehr, dass das Gerät mich aus Unachtsamkeit verletzen könnte. Auch fühlte es sich gar nicht mehr kalt an; und eigenartig – es war sogar ein angenehmes Gefühl, so untersucht zu werden. Viel angenehmer jedenfalls als so manche Untersuchung, die ich beim Gynäkologen schon über mich ergehen lassen musste.

Währenddessen demonstrierte die junge Assistentin dem Weisen, was sie „Japulia" nannte und machte mit der ständig anwesenden Kamera Aufzeichnungen davon.

außerirdische **Begierde**

Das spontane Zucken meines Körpers bei Berührung dieses Punktes außerhalb meiner Vagina erregte nun besonderes Interesse. Man probierte es immer wieder aus und betrachtete alle Daten, die der angeschlossene Detektor darüber auswarf.

Ein dünnes Tentakel hatte sich in der Zwischenzeit in meinen Muttermund gezwängt und arbeitete sich langsam den Gebärmutterhals nach oben. Auf dem Bildschirm konnte ich sehen, wie sein Inneres aussieht. Die anderen, dickeren, „Beinchen" krabbelten inzwischen munter in meiner Vaginalhöhle umher. Der Alien schien nun ihre Programmierung geändert zu haben, denn auf einmal fingen sie an, sich an mir festzusaugen und leicht zu vibrieren.

„Die wollen austesten, wie die Sensitivität meiner Möse ist", schoss es mir durch den Kopf. Und tatsächlich waren auf einem anderen Monitor Schwingungen zu sehen, die mit dem zusammenhingen, was in mir vorging.
Einer der Tentakel machte sich plötzlich auf den Weg raus aus meiner Höhle. Er tastete suchend rechts und links und bewegte sich dabei zielstrebig auf meine Klitoris zu.

Kaptitel I - Szene IV

außerirdische **Begierde**

Mit kleinen Stromimpulsen testete die Apparatur anscheinend die Ansprechbarkeit meines Gewebes. Als der Sensor nach oben über meinen Kitzler glitt, durchflutete eine Welle heftigster Erregung meinen ganzen Körper. Das Ding hielt inne und ging wieder ein kleines Stückchen zurück, dahin, wo eben der Ausschlag maximal gewesen war. Ich spürte wie der Sensor sich mit seinem Sauger genau auf meinem empfindlichsten Punkt verankerte.

Längst hatte ich mich mit meiner Machtlosigkeit abgefunden und fand sogar Gefallen daran. Ich war jetzt ganz sicher, dass diese Wesen mir kein Leid zufügen würden. Diese Untersuchung musste für sie von enormer Bedeutung sein. Und es war ihnen wichtig, dass ich dabei lebend und unverletzt blieb.

Deshalb erschrak ich nicht, als der Maskuline einen zweiten, gleichartigen Untersuchungskopf herbeibrachte, um den der Weise ihn gebeten hatte. Denn dessen Metall-Finger hatten meinen Anus als Körperöffnung entdeckt. An Ort und Stelle wurde nun auch dieses Gerät eingeführt und breitete sich in gleicher Weise in meinem Colon aus.

außerirdische **Begierde**

Ich glaubte zunächst nicht, dass es ihnen darum ging, mich zu erregen. Auch wusste ich nicht, ob diese Wesen überhaupt selbst in der Lage waren, Erregung zu erleben. Ich glaubte eher, sie wollten nur wissen, was da los war in mir. Warum sie es wissen wollten, konnte ich bis dahin noch nicht erkennen. Es sah nach einer Erkundungsreise aus, deren Ziel noch nicht geklärt zu sein schien.

Dass ich dabei tatsächlich über alle Maßen erregt wurde, interessierte sie sicher nicht erstrangig; oder doch? Es gehörte augenscheinlich dazu, und es war wichtig insofern, als es sie überraschte, die Reaktionen und Auswertungen ihrer Computer zu beobachten.

Für mich allerdings war das eine ganz besondere Erfahrung. Ich hatte das Gefühl, mein Körper schwebte im Nichts und ward nur gehalten durch diese beiden krakenartigen Instrumente, die meinen Unterleib ausfüllten und darin herumkrochen. Der große Maskuline steuerte diese Werkzeuge gleichzeitig und ich genoss das kribbelnde Vibrieren in meinen beiden Löchern, so dass ich mein Stöhnen manchmal nicht zurückhalten konnte.

außerirdische **Begierde**

Dann entfernte er das zuletzt eingeführte Ding wieder aus meinem Colon und legte es weg.

außerirdische **Begierde**

Szene V

Die Menge wandte sich plötzlich von mir ab und zog sich etwas entfernter zu einer Beratung zurück, während das andere Gerät sich weiterhin in meinen Geschlechtsorganen festsaugte.

Nach einer Weile vernahm ich einen langen Piepston, der wohl das Ende dieser Untersuchung signalisierte. Bis jetzt hatten sich wohl gut zwei Dutzend dieser kleinen Sensoren überall an meiner Schleimhaut angeheftet und diese eine Zeitlang mit Impulsen in Erregung versetzt.
Unter leichtem Ziehen lösten sich nun die Knöpfchen alle wieder ab, und die Tentakel wanderten brav in den Sensorkopf zurück.

Die Crew kehrte wieder zu mir, um auch dieses Teil behutsam zu entfernen. Mit einem schmatzenden Geräusch verließ das eiförmige Ding langsam meine Höhle und zog dabei einen ganzen Schwall fadenziehender Lubrikationsflüssigkeit mit nach draußen.
Die Fremden betrachtenden neugierig ihren nass glänzenden Untersuchungskopf. Einer der feminin aussehenden Wissenschaftler fuhr mit seinem

außerirdische **Begierde**

Finger darüber und leckte an ihm. Ich hatte aber nicht den Eindruck, dass meine Flüssigkeit ihm sonderlich gut schmeckte. Die beiden maskulinen Aliens — der größere und der Weise, den ich für den Chef hielt — kamen auf mich zu und streiften mit ihren Fingern je einen dicken Tropfen von meinen Schamlippen. Bei ihnen hatte ich schon eher den Eindruck, dass ihre exotischen Geschmacksnerven durchaus mit dem etwas anzufangen wussten, was sie da gustatorisch wahrnahmen.

Der Weise nahm jetzt das jüngere "Insekt" und den großen Maskulinen zur Seite und kommunizierte mit ihnen.
Während die anderen damit beschäftigt waren, meinen Fotzensaft zu untersuchen, wurde die Kleine auf einen ähnlichen Sessel unweit von mir installiert. Ihr transparentes Chitingewand wurde geöffnet; ihre dünnen gliedrigen Körperteile sahen gespenstisch blass aus, fast durchsichtig. Man steckte ihre Finger in ähnliche Schläuche, wie auch ich sie trug.

Gespannt verfolgte ich das Unglaubliche, das nun mit ihr geschah, und begann den Sinn der ganzen Operation zu ahnen.

außerirdische **Begierde**

Am Bildschirm des Gerätes, an das sie angeschlossen war, konnte ich den Vorgang einer interessanten Metamorphose verfolgen. Schrittweise, ganz langsam, nahm der insektenartige Körper dieses Alienweibchens menschliche Formen an. Arme, Beine und Torso gewannen an Rundungen. Die transparente, hellblaue Haut begann sich zu verfärben. Der Kopf bekam ein menschliches Gesicht. Ihre Augen waren noch geschlossen, aber zwischen ihren Beinen zeichneten sich nun deutlich weibliche Formen ab.

Ich bemerkte die angeregt flüsternden Stimmen der Wissenschaftler, die dieses Projekt ins Leben gerufen hatten. Unablässig wanderten ihre vergleichenden Blicke zwischen meinem und ihrem Körper hin und her, und ich konnte zusehen, wie dieses Wesen immer weiblicher wurde.

Nun zog sich die Mannschaft zurück und ließ mich mit diesem schlafenden, halbmenschlichen Individuum im Raum allein. Das grelle Licht, das von Außen durch die Waben schien, verdunkelte sich. Ich ahnte, dass die Vollendung dieser Menschwerdung wohl noch eine Zeit in Anspruch nehmen sollte, und wartete gespannt.

Kapitel II

Szene I

Nun aber geschah etwas, womit ich längst nicht mehr gerechnet hatte. Die sphärischen Klänge, die während des allgegenwärtigen Summens und Rauschens, immer wieder auftauchten und in der Ferne verschwanden, wurden plötzlich extrem laut. Metallflächen schienen hart aneinander zu reiben. Es quietschte und krachte laut um mich herum und der ganze Raum geriet ins Zittern.

Während ich da lag und erschrocken der Dinge harrte, die sich nun ereignen sollten, bemerkte ich das Nachlassen der Kraft, die mich im Sessel festgehalten hatte. Für einen Augenblick waren plötzlich all die grellen Lichter der Apparaturen erloschen, und sofort erfüllte ein laut tönendes Alarmsignal den Raum und die ganze Umgebung — begleitet von dunkelgrüner, sporadisch aufflakkernder Notbeleuchtung.

außerirdische **Begierde**

Das war meine Chance! Ich erhob mich aus dem Sessel und befreite meine Finger von den Schläuchen. Sofort eilte ich zu der Wabe hin, die sich sonst für die Aliens öffnete, und tastete an der Fläche, um vielleicht etwas Greifbares daran zu finden. Doch das Material war sehr glatt. Also drückte ich beide Hände flach dagegen; und siehe da, der senkrechte Schlitz in der Mitte ließ sich spielend leicht weiten, und ich konnte die Teile auseinander schieben.

Ich öffnete den Spalt gerade so weit, dass ich hindurchpasste, und lief in den Korridor hinaus, der sich wie ein Labyrinth in alle Richtungen verzweigte.

Ich war splitterfasernackt und fühlte plötzlich eine fast unerträgliche Kälte. Welche Richtung sollte ich nun nehmen? Immer noch tönte der Alarm und nur das grüne, dunkle Licht, das im Winkel von 360 Grad um mich rotierte, ermöglichte mir die Orientierung.
Aus der Ferne hörte ich erregte Stimmen von Aliens, die sich mir zu nähern schienen. Drei Figuren durchquerten hastig eine Kreuzung, auf die ich gerade zulaufen wollte, denn dahinter

außerirdische **Begierde**

schimmerte es etwas heller. Um nicht entdeckt zu werden, presste ich meinen Körper gegen eine Wabe des Korridorgewölbes links von mir. Auch dieses Element hatte einen senkrechten Schlitz, was darauf deutete, dass es wohl zu öffnen war. Als ich die Teile auseinander schob, gelangte ich in einen anderen kuppelartigen Raum, der ähnlich aufgebaut war, wie der Ort, von dem aus ich geflüchtet war. Ich näherte mich dem Fauteuil und entdeckte einen menschlichen Körper, der darin ruhte.

Bei diesem Anblick lief mir ein Schauer über den Rücken. Langsam trat ich näher und versuchte, das Gesicht zu erkennen. Es war ein Mann, der dort lag. Er schien fest zu schlafen. Auch er war splitterfasernackt und seine Finger waren in Schläuchen fixiert.

Fragen schossen mir durch den Kopf.
Kannte ich diesen Mann? War er mit mir zusammen gekidnappt worden, oder war es ein Fremder? Doch so sehr ich mich auch bemühte, ich fand meine Erinnerung nicht zurück.

Was war der letzte Moment, den ich auf der Erde

außerirdische **Begierde**

verbracht hatte, bevor ich hier erwachte, und wer war bei mir?
Ich wusste es nicht!

Inzwischen war ich so sehr an den Lärm der Alarmanlage gewöhnt, dass ich diese, während meines angestrengten Nachdenkens über meine Herkunft, gar nicht mehr wahrnahm.

Auch meine Hoffnung auf eine Flucht versiegte nun gänzlich; und gerade als ich beschloss, den Rückweg zu suchen, verstummte das Dröhnen, und die normale Beleuchtung war wieder hergestellt. Nun entdeckte ich auf dem zweiten Sessel, der dort stand, den Leib des größeren, maskulinen Aliens, der vorher die geheimnisvollen Geräte in mir gesteuert hatte. Seine Körperformen glichen bereits sehr stark dem Menschenmann, der ihm gegenüberlag.

außerirdische **Begierde**

Szene II

Als ich den Korridor erreichte, überlegte ich es mir jedoch anders. Zu groß war meine Neugier. Ich wählte eine Abzweigung und schlich mich an den Wandrundungen vorbei in eine Richtung, aus der ich ein gedämpftes Blubbern vernahm. Irgendwo musste es Wasser geben, davon war ich überzeugt.

Und tatsächlich endete mein Weg vor einer riesigen Glaswand, die diesen Vorraum von einem enormen Wasserbassin trennte, in dem die fantastischsten Fischsorten zwischen Korallengebilden und Schlingpflanzen umher schwammen. Einen Moment lang wusste ich gar nicht mehr, ob ich mich hier auf einem Raumschiff befand, oder in einem riesigen U-Boot auf dem Meeresgrund.

Aber dann entdeckte ich unter dem munter umher schwimmenden bunten Getier, dass einige Exemplare an ihren Fischkörpern Vogelflügel hatten; andere besaßen zierliche menschliche Arme und Finger anstelle ihrer Flossen. Ich entdeckte einen tauchenden Leoparden, dessen bekannterweise flauschiges Fell hier jedoch aus gefleckten Schuppen bestand. Eine lebensgroße Eiche stand

außerirdische **Begierde**

mitten drin, und im Laub ihrer hohen Krone tummelten sich nicht etwa Spatzen und Stare; es mussten kleine Fische sein, die wie in Zeitlupe darin umher hüpften auf ihren Vogelbeinchen.
Dieser Anblick hatte mich derartig fasziniert, dass ich am liebsten hineingetaucht wäre, um dabei zu sein.
Was ich dort sah, war von einer so berauschenden Schönheit, dass sich all meine Angst ins Gegenteil kehrte. Ich spürte, wie ich ins Taumeln geriet. Unter der fantastischen Vorstellung, mich in dieses Paradies hineintreiben zu lassen, verschwand jegliches Gefühl für Schwerkraft in mir, und ich glaubte zu schweben.
Um mich zu halten, lehnte ich mich leicht gegen diese Glaswand an, und sofort kamen einige dieser Wesen neugierig zu mir geschwommen.
Darunter eine Schlange, die mir ihren exotischen Kopf entgegenstreckte und mich mit ihren großen Reptilienaugen betrachtete. Sie stupste leicht gegen die Scheibe, die sie von meinem Gesicht trennte, so als wollte sie mich begrüßen. Dann fuhr sie ihre zweispitzige Zunge aus und versuchte, die Innenfläche meiner abgestützten Hand zu ertasten, bevor sie sich lang nach oben ausstreckte — ihre Augen immer noch auf mich herunter gerichtet —

außerirdische **Begierde**

und nun begann, ihren senkrecht gehaltenen Körper in rhythmische Kurven zu werfen, als wollte sie mich verführen, mit ihr fortzuschwimmen.
Der Anblick dieses Tanzes, den sie so liebreizend vor mir aufführte, brachte das Blut unter meiner frierenden nackten Haut in Wallung.
Dieses Erlebnis hatte mich so entzückt, dass ich auch lange Zeit später immer wieder daran denken musste. Und ich wollte unbedingt mehr sehen von diesem Geheimnis, das mich umgab.

Die Ahnung, es musste sich hier um eine außerirdische Station handeln, in der man versuchte, irdische Natur nachzuvollziehen, wurde jetzt immer deutlicher. War es nicht schon immer auch der Menschheit größter Wunsch, sich der permanenten Drohung des potenziellen Untergangs entgegen zu stellen. Waren nicht alle Erfindungen, die von Menschenhand entwickelt wurden, aus genau demselben Grund entstanden; und wurden sie nicht alle zunächst aufgrund ihrer Skurrilität abgelehnt, ja sogar verdammt und erst sehr viel später für ihre Zweckmäßigkeit gelobt?
Ich wusste natürlich nicht, aus welcher „Ecke" des Universums meine Entführer stammten, geschweige denn, auf welchem Planeten sie zu Hause

außerirdische **Begierde**

waren. Aber ich glaubte zu wissen, dass auch sie getrieben waren von der Angst vor ihrem eigenen Untergang, und dass sie sich deshalb auf die Suche nach neuen Möglichkeiten gemacht hatten.

Der große Respekt und die starke Empathie, die ich plötzlich für diese Geschöpfe empfand, veranlasste mich nun, mich mit ihrem fremdartigen Aussehen anzufreunden, und ich betrachtete es als eine wichtige Aufgabe, sie in ihrer Forschungsarbeit zu unterstützen, soweit es mir möglich war — auch wenn es Monate in Anspruch nehmen sollte. Ich beschloss, meinen Aufenthalt hier in vollen Zügen zu nutzen, denn ich wollte noch viel mehr über diese Spezies und ihre Methoden kennenlernen. Also musste ich mich irgendwie mit ihnen verbünden.

Natürlich wollte ich nicht in einen Fisch verwandelt werden. Aber soweit ich es bis jetzt beobachten konnte, waren sie daran auch gar nicht interessiert. Sie waren eher dazu bereit, sich selbst zu verwandeln; und offensichtlich dienten die irdischen Geschöpfe, die sie sich eingefangen hatten, als Ideal, an dem sie sich orientierten. Wenngleich ich mich in aller Bescheidenheit darüber schon sehr wunderte, denn wir Menschen waren ja weiß Gott alles andere als vollkommen.

außerirdische **Begierde**

Szene III

Mit dieser Idee im Kopf drehte ich mich zum Ausgang, um meine heimliche Entdeckungsreise fortzusetzen. Schließlich wollte ich genau wissen, wie es ihnen gelungen war, all das hier zu erschaffen. Doch als ich den Korridor erreichte, lief ich der Crew direkt in die Arme.

Sie stürzten sich mir regelrecht entgegen, fassten mich an den Armen und hoben meinen nackten Körper in die Höhe, als wäre er federleicht. Der allwissende Anführer blickte mir sichtbar erzürnt in die Augen. Sein Antlitz wechselte die Farbe und die Facettenaugen leuchteten grell. Irgendwie hatte ich das Gefühl, dieses so veränderte Gesicht zu kennen. Diese darin abgezeichnete diabolische Wut erinnerte mich an eine intensive Begegnung aus meinem Erdenleben, das sich nun bruchstückhaft wieder in meinem Kopf zusammenfügte.

Doch bevor es sich vervollständigen konnte, erblindete ich wiederum durch die intensive Strahlung, die aus seinen Facettenaugen durch meine Pupillen drangen.

außerirdische **Begierde**

Als ich mich davon erholte, lag ich wieder fest fixiert in meinem Sessel und beobachtete die Kleine, die mir gegenüberlag.

Richtig weiblich war sie inzwischen geworden. Eine perfekte Menschenfrau, die aufs Haar genau so aussah, wie ich.
Wie hatten sie es nur geschafft, dieses Insektenwesen in so kurzer Zeit dazu zu bringen, sich derartig zu verwandeln, und das genau nach meinem Abbild?

Dieses Rätsel zu lösen, sollte nun noch eine Weile dauern. Meine Vermutung, dass nicht ich verwandelt werden sollte, sondern sie selbst, sah ich darin jedenfalls bestätigt. Und deshalb wusste ich, dass auch mit dem Mann, den ich entdeckt hatte, offenbar das Gleiche geschehen sollte, und dass auch ihm letztendlich kein Haar gekrümmt werden würde.

außerirdische **Begierde**

Kapitel III

Szene I

Jetzt öffnete die menschlich aussehende Kreatur ihre Augen, und ich war nicht wenig erstaunt zu erkennen, dass diese ihre Facettenartigkeit beibehalten hatten.

Die Crew ging zu ihr hin und begann, ihr zuzureden. Man entfernte ihre Schläuche und half ihr aus dem Sessel. Als sie stand, sackte sie jedoch sofort wieder zusammen und der Alte hielt sie in seinen Armen fest. In diesem Augenblick hatte ich beinahe den Eindruck, ich könnte seine Arme an mir selbst fühlen.

Er stützte sie auf und führte sie ein paar Schritte. Etwas komisch sahen ihre Bewegungen noch aus, aber es dauerte nicht lange, bis sie ihren neuen Körper beherrschte. Ich war überwältigt von diesem Anblick.

Kaptitel III- Szene I

außerirdische **Begierde**

Es erschien mir so surreal, mein eigenes Duplikat, das sich, abgesehen von seinen Augen, äußerlich gar nicht von mir unterschied, vor meiner Liege her spazieren zu sehen, dass mir das Blut in den Adern stockte.

„Was wird jetzt aus mir?", dachte ich und stellte mir vor, dass sie mich jetzt wohl nicht mehr bräuchten.

Die Antwort auf diese Frage ließ nicht lange auf sich warten, und ich war zufrieden, zu erkennen, dass mein Vorhandensein, ebenso wie das des Erdenmannes, für das Projekt der Aliens sehr wohl noch immer von Bedeutung war.

Da sie uns beide brauchten, lag die Vermutung nahe, dass ihr weiteres Vorhaben jetzt einen sehr sexuellen Hintergrund haben musste. Und was nun geschah, ließ jeden Zweifel daran schwinden.

Die Wabe öffnete sich, und eine Gruppe Aliens führte den Menschenmann herein, und stellte ihn meiner Doppelgängerin gegenüber.

Sofort fingen die beiden an, sich gegenseitig zu

außerirdische **Begierde**

berühren. Dabei sahen sie sich tief in die Augen, als wären sie ineinander verliebt. Der Penis des Mannes begann, sich zu heben. Doch die beiden benahmen sich recht unbeholfen. Allein das Zusehen bereitete mir schon eine große Lust. Und es erregte mich umso mehr, dass ich hier mit gespreizten Beinen festgebunden war, und trotz meiner immer noch von der vorausgegangenen Operation aufgewühlten und hocherregten Vulva nicht eingreifen durfte.

Doch bald schon öffnete sich erneut die Wabe, und herein trat eine weitere Edition dieses wunderschönen Mannes, flankiert von einer Gruppe femininer Insektenwesen.

„Ja! ...", dachte ich bei mir, „... das soll bestimmt mein Beschäler werden!" Meine Venus zuckte bei seinem Anblick zusammen. Ein elektrisierender Strom durchfuhr meinen Bauch.

Dass es sich hier nicht um den echten Menschen, sondern um eine fast naturgetreue Kopie handelte, erkannte ich vor allem an seinen Augen, die noch immer diesen metallisch spiegelnden Glanz der Facettenoptik meiner Gastgeber zeigten.

Kaptitel III- Szene I

außerirdische **Begierde**

Als er sich, aus seiner Distanz heraus, meiner abgespreizten, zur Paarung vorbereiten, Vulva gewahr wurde, ging ein Ruck durch seine straffe Bauchmuskulatur, und wie von Geisterhand richtete sich ein riesiger Phallus zwischen seinen Beinen auf. Die wundervolle Eichel wirkte vom Andrang seines Blutes zum Platzen prall.

Ich war bass erstaunt über die exakte Nachbildung seiner Körperformen und seiner Gesichtszüge. Seine schmunzelnden Mundwinkel, seine wohlgeformten muskulösen Oberarme und Schultern, ja sogar die Härchen auf seiner Brust. Und ich musste mir große Mühe geben, nicht zu vergessen, dass es sich hier wohl um nichts anderes handelte, als um das perfekte Mimikry eines Insektenwesens.

Aber ich wollte mich dieser Realität überhauptnichtmehr stellen, so sehr war ich von diesem „Männerwunder" fasziniert, und von seinem herrlichen Exemplar von Schwanz, wie ich es noch nie gesehen hatte.
Glänzende Tröpfchen erschienen auf seiner Spitze und rannen wie Regentropfen seitlich herunter. Sofort wollte ich dieses Ding lecken und dann am liebsten jeden Zentimeter in meiner Möse fühlen.

außerirdische **Begierde**

Denn immer wieder kam mir jenes feuchte Paradies in den Sinn, das wundervolle Aquarium mit seinen fantastischen unbekannten Lebewesen darin, in denen sich die reine Genialität ihrer Schöpfer widerspiegelte — dieses Wissen, das ich unbedingt erfahren und in mir aufsaugen wollte, auf welche Weise auch immer.

Ungeduldig rutschte ich unter meinen Fesseln hin und her.
Der Liebestanz der Wasserschlange fuhr mir durch den Kopf.
War es nicht Eva, die Adam den Apfel reichte?

Mit einer Komm-her-Geste ließ ich ihn antreten. Und schon hatte ich sein triefendes Prachtstück vor meiner Nase. Prüfend fuhr meine Zunge über den heißen Kopf; ich war verblüfft von dem süßlichen Aroma dieser betörend schmeckenden Lubrikation, die all die Information zu enthalten schien, nach der ich lüstete.
Ich leckte seinen Hodensack hinab, immer dahin, wo es feucht glänzte. Eine tolle Raserei befiel mich. Ich leckte, saugte und rieb wie wahnsinnig an seiner Latte, um das herauszuholen, was sicher bald heraus wollte, um meine Sinne noch mehr zu

Kaptitel III- Szene I

außerirdische **Begierde**

berauschen. ...

Und wie zaghaft es stöhnte, das Objekt meiner Begierde, während es sich im Taumel der Lust Halt suchend in der weichen Materie meines Fauteuils festkrallte — die metallenen Augen geschlossen. Als ich sein großes Ding schon ziemlich weit in meine Kehle hineingestopft hatte, spürte ich die harte Hand eines der Aliens an meiner Schulter.

Mit blitzenden Augen verbot dieser mir, weiter zu machen. Sie zogen mir den herrlichen Lustprügel aus meiner Kehle heraus, zitierten meinen Adonis von mir weg, und begannen heftig, untereinander zu diskutieren.

Irgendetwas musste sie beunruhigt haben. Der künstliche Mann stand nun keuchend in etwas gekrümmter Körperhaltung abseits von mir; sein Schwanz immer noch senkrecht und zum Zerbersten gefüllt; seine grünfunkelnden Augen auf mich gerichtet, wie die eines Boxers, der in der Kampfpause seinen Gegner fixiert, während seine Trainer auf ihn einreden.

Währenddessen umkreiste etwa ein halbes duzend

außerirdische **Begierde**

weiblicher Insektenwesen meinen Sessel und warf mir strenge Blicke zu. Vermutlich sollte ich diese Unterbrechung, kurz vor der Ejakulation, als Sanktion verstehen. Hatten sie vielleicht nicht damit gerechnet, dass die leidenschaftliche Aktivität meines Mundes eine solche Wirkung auf ihn hatte, oder hatten sie gar darin meine Motivation entlarvt, ihren „Heiligen Gral" zu öffnen und damit in den Besitz eines kleinen Teils ihrer Macht und ihres Wissens zu gelangen?

Wenn letztere Befürchtung zutraf, dann musste es ein ganz besonderer Saft sein, der nicht in meinen Mund gelangen durfte; und gerade dieser Gedanke motivierte mich noch stärker.

Die Alien-Weibchen begannen nun, die Innenschenkel meiner weit gespreizten Beine und meine hoch erregte Venus zu massieren, während er wieder herbeigeführt wurde, um die ihm eigentlich zugeteilte Aufgabe zu verrichten.

Es musste ein Genuss sein, seinen prallen Schwanz endlich in meiner lüsternen Fotze fühlen zu dürfen; doch dazu kam es leider nicht, denn als er mir sein riesiges Begattungsinstrument etwas umständlich

außerirdische **Begierde**

einschieben wollte, explodierte das Ding in seiner Hand, und pulsierende Kaskaden der weißen Flüssigkeit, nach der ich gierte, ergossen sich zuerst über meinen Unterleib, dann über meine Brüste und schließlich in mein Gesicht bis in die Augen. Schnell wischte ich mit meiner Hand, soviel ich von dem Zeug fassen konnte, und beförderte es in meinen dürstenden Mund.

Die Aliens waren ratlos. Sie starrten mich an, als hätte ich etwas Verbotenes getan und hielten meine Hände fest. Für einen Moment schien es, als hätten sie die Kontrolle über ihr eigenes Projekt verloren, denn so hatten sie sich den Ablauf ihres Verpaarungsexperiments wohl nicht vorgestellt.

Auch ich war davon ziemlich enttäuscht, denn ich hatte mich so darauf gefreut, dieses große Ding mit der kräftigen Peristaltik meiner Vagina wie eine Zitrone in mir auszupressen.

„Er wird ja noch einmal können!", ging es mir durch den Kopf. Aber dem war nicht so. Dieses ganze, ihm ungewohnte Prozedere setzte ihn kolossal unter Druck, und sein Kreislauf machte schlapp. Mit bleichem Gesicht und starrem Blick

außerirdische **Begierde**

ließ er sich auf der Liege nieder, die zuvor der Umwandlung meines Duplikates gedient hatte.

Unterdessen widmeten sich die anderen Crewmitglieder seinem Samen auf meinem Bauch.
Sie füllten etwas davon in ein Proberöhrchen ab und gaben es der Analysemaschine ein.

Danach spielte sich eine unglaubliche Szene ab. Eines der feminin aussehenden Aliens hatte inzwischen aus seinem Kopfbereich einen Rüssel ausgefahren, der dem einer Honigbiene glich. Als dieses Teil sich entrollte und auf meiner Haut auftraf, verbreitete sich das Endstück zu einem kleinen Teller, der wie ein Saugstab schlurfend über meinen Bauch und meine Brüste glitt. Das herrlich angenehme Kitzeln bereitete mir eine Gänsehaut.

Der lange Rüssel machte bis in seinem oberen Bereich pulsierende Kontraktionen, und ich konnte mir gut vorstellen, wie diese Wellen den Saft nach oben beförderten. In meinem Nabel stand noch ein ganzer Spermasee von meinem fremden Liebespartner. Hier veränderte sich die Form der aufsaugenden Struktur. Der Teller wurde zu einer stumpfen Spitze, ähnlich einer Pipette, die schlur-

außerirdische **Begierde**

fend weiter schluckte.

Reibungslos glitt der Sauger nun geschmeidig zwischen meine Beine und nahm auch die Spermaladungen auf, die auf meinen Schamlippen prickelten. Nun tastete das stochernde Ding an meinem Eingang herum und glitt schließlich ganz in meine Höhle hinein, um schlurfend auch von meinem eigenen Saft zu trinken. Ich war kurz vor dem Kommen, als sie damit aufhörte und der Rüssel wieder in ihrem Kopfgebilde verschwand.

Jetzt, nachdem dieses Wesen sich an der süssen, berauschenden Flüssigkeit gelabt hatte, fand auch mit ihm eine wundersame Verwandlung statt, die meine Vermutung bezüglich des wertvollen Informationsgehaltes dieses kostbaren Saftes bestätigte.

Ähnlich wie die Metamorphose einer hässlichen Raupe über die Insektenpuppe zu ihrer wunderschönen Imago vonstatten geht, so verwandelte sich auch dieses Wesen.

Die Aufnahme der menschlichen Geschlechtssäfte ermöglichte den Aliens das Überspringen der kom-

außerirdische **Begierde**

plizierten Verpuppungsphase. Das also war das Ziel ihrer Forschung, und dafür hatten sie uns gekidnappt. Ich war überwältigt. Die vor meinen Augen entstandene weibliche Hybridform war wundervoll anzusehen. Lange blonde Haare, perfekter Körper, makellos in allem — ein Männertraum wie aus dem Bilderbuch.
Auffallend, auch hier wieder die Augen, die durch ihren irritierenden grünmetallischen Grundton ihre exotische Herkunft preisgaben.

Die Brüste dieses Wesens erschienen unglaublich straff, aber das Erotischste an ihnen waren die Nippel. Dimensioniert wie die Größe eines Zigarettenfilters standen sie in einem ungewöhnlichen Winkel steil nach oben. Meine bisexuelle Neigung reagierte auf diesen Anblick sofort und jagte mir einen heftigen Blutandrang zwischen die Schenkel, der sich pulsierend über den ganzen Unterbauch ausbreitete. „Ich muss dieses Weib genießen - mit Haut und Haaren!", durchfuhr es mich.

Flehend starrte ich auf ihre Zitzen - und sie verstand mich. Sie schob mir mit einem fremd klingenden „saan" ihren prachtvollen Nippel in den

Kaptitel III- Szene I

außerirdische **Begierde**

Mund. Ich leckte und saugte und drückte und zwirbelte, erst die eine Seite dann die andere. Das Mädchen fing zu meiner großen Freude unterdrückt zu Stöhnen an. Ihre Brüste machten mich aber vollends verrückt, als ich bemerkte, dass sie durch mein eifriges Lecken eine fettig klebrige Flüssigkeit absonderten. Nun drückte und presste ich verstärkt mit meinen Fingern dieses pralle Gesäuge und tatsächlich — dieses Alienweib laktierte. Aus fünf oder sechs Drüsen schossen winzige Strählchen hervor. Beim Loslassen tropfte es etwas nach und ich konnte dieses köstliche Zeug in aller Ruhe auffangen. Mit meiner linken Hand fuhr ich ihr unablassig die Pofalte auf und ab und als sie sich etwas seitwärts drehte, konnte ich ihr einmal richtig schön an ihren Kitzler greifen. Und wieder war ich überrascht von der Dimension, die ich da spürte. Nur ein bisschen kleiner als ihre Nippel stand da ein Organ bereit, ihrer Trägerin grenzenlose Lust zu verschaffen.

Und wie sie reagierte, auf mein sanftes Klopfen und leichtes Drehen. Aus ihrem engen Fötzchen sprudelte es hervor, wie aus einer unterirdischen Quelle. Ich wollte diese Möse ausschlurfen wie eine Auster und dabei ihren Lustknopf lutschen.

außerirdische **Begierde**

Aber wie? Sie verstand allmählich was ich wollte, da ich beständig gierig ihren Fotzensaft von meinen Fingern leckte.
So gab sie einem der Umstehenden einen Wink, und dieser dirigierte dann eine freischwebende Apparatur heran, auf die sie sich mit gespreizten Beinen rücklings legte. Ihr wundervoller Kitzler und ihre jugendlich frische Möse wurden mir so auf dem Silbertablett präsentiert. Und ich lutschte hingebungsvoll an ihrer saftigen Pflaume, so wild, dass mir Speichel und Fotzensaft in Strömen den Hals herunterliefen.

Ihr Riesenkitzler tanzte Csárdás, wenn ich ihn wie einen Bonbon einsaugte und dann mit der Zunge an meinen Schneidezähnen rieb und drückte. Sie kam explosionsartig, in immer kürzeren Intervallen, und ihre Körpersäfte begossen in Strömen meine Kehle …
ich schluckte und schluckte und schluckte. …

Nun war ich aber in diesem verfluchten Fauteuil fixiert und konnte nicht an meine eigene Möse heran. In mir pochte das Blut und strömten die Säfte; warum war gerade jetzt keiner von diesen Insektenäugigen da, um auch für meine

außerirdische **Begierde**

Befriedigung zu sorgen.

außerirdische **Begierde**

Szene II

Der Alpha dieser Truppe saß auf seiner säulenförmigen Sitzgelegenheit und beobachtete gespannt die ablaufenden Szenen. Ob er Erregung verspürte? Ich wusste es nicht.

Als ob die fremde Schönheit meine ausweglose Lage erkannt hätte, ließ sie sich wieder auf den Boden hinab und erteilte ihren Artgenossen mit einem energischen Wink einen neuen Auftrag.

Sogleich brachte ein maskulin aussehender Wissenschaftler eines dieser beiden Untersuchungsinstrumente herbei, die ich bereits kannte. Gierig streckte ich ihm meine saftige Möse entgegen, damit er dieses eiförmige Ding endlich zum Einsatz bringe.

Ein kleines Flutschen und schon war er inkorporiert – der angenehm kühle Metallkopf – und begann sein Eigenleben, so wie ich es mir ersehnt hatte. Die amöboiden Füßchen schwärmten aus und erfüllten meine Vagina mit Leben. Der Klitorissauger kam – wie schon einmal zuvor— aus meiner Höhle herausgekrochen und schlängel-

außerirdische **Begierde**

te sich zielstrebig nach oben. Mit kleinen ruckelnden Bewegungen stülpte er sich über meine stark erregte Perle und saugte diese in sich hinein. Haltlos rutschte mein Unterleib auf seiner Unterlage hin und her.

Drei oder vier der inneren Sauger hatten exakt da angedockt, wo sich im Deckengewölbe meiner Vagina mein zweiter hochsensibler Bereich befand. Meine menschgewordene Aliengespielin betrachtete mit kühler Erregtheit die Szenerie. Mit ihren spitzen lila Fingernägeln kniff und zwirbelte sie beständig meine Nippel, die wie harte Speerspitzen emporragten und beinahe seismographische Erregungswellen durch meinen Körper schickten.

Endlich spürte ich eine erste, "himmlische" Stimulationswelle. Meine Klitoris wurde rhythmisch angesaugt und dabei jeweils einem starken Vibroimpuls ausgesetzt. Meine Knie zitterten wie Espenlaub.
Eine halbe Sekunde danach, begannen die vier inneren Stimulatoren an meinem G-Punkt um die Wette zu saugen und zu vibrieren, im Hintergrund flankiert von den vielen Tentakeln, die in anderen

außerirdische **Begierde**

Regionen meiner Lusthöhle ihren Dienst taten.
Dann ein plötzlicher Abbruch! Alles hörte auf zu saugen und zu schwingen.
Auch meine Gespielin machte wie auf Kommando eine Pause. Ich begann zu wimmern wie unter unerträglichen Schmerzen und flehte meine zwei Peiniger an, weiterzumachen. Zwei kleine kneifende Stiche in die harten Nippel waren vorerst die einzige Gunst die mir gewährt wurde.

Der unerbittliche Fotzenmeister unten zwischen meinen Beinen betrachtete interessiert das pulsierende Nachzucken meines Genitals und ließ mich weiter warten. Unmengen an klebriger Flüssigkeit sickerte nach draußen. Noch nie in meinen Leben bin ich so ausgelaufen. Der Saft lief über meine Schenkel, sickerte in meine Pofalte und bildete unter meinem Hintern schon einen richtigen kleinen See.

Als die nächste Welle mich traf, hatte ich spontan einen "extraterrestrischen" Orgasmus. Meine Fotze pulsierte und zuckte und beförderte wie ein spuckender Vulkan einen Strahl Flüssigkeit nach draußen — dem Fotzenmeister mitten ins Gesicht.

außerirdische **Begierde**

Die Nippelzwirblerin blickte plötzlich wie gebannt. Ihre malachitgrünen Augen verengten sich bedrohlich, wie es mir schien.

Und in der Tat war dies der Tag der Merkwürdigkeiten: Dem Alpha auf seinem säulenartigen Sitzplatz wuchs vor unser aller Augen ein Penis; oder stülpte er sich aus ihm heraus? Egal!

Fast humanoid sah dieser Penis aus, bis auf seine eher dunkelblaue Farbe. Er war von kräftiger Statur, mit wohlgeformtem Kopf.
Also hatte das Treiben, das um ihn geschah, ihn doch erregt!

Zwar verharrte der Alpha weiter regungslos auf seinem Sitzplatz, doch es erschienen Lusttropfen auf seinem Kolben, die seitlich herabperlten.
Die Alienfrau wurde sichtlich nervös, und wie von einem unhaltbaren Drang geleitet, stürzte sie zu ihm hin, kniete demütig vor ihm nieder und leckte alles auf, was dieser seltsame Schwanz zu bieten hatte.

Mein Fotzenmeister verpasste mir unterdessen einen Superorgasmus nach dem nächsten;

außerirdische **Begierde**

und ich sah der Mensch gewordenen Alienfrau dabei zu, wie sie den Schwanz ihres Herren aussaugte. Mit beiden Händen drehte und zwirbelte sie seinen Schaft und brachte ihn so dazu, noch mehr von diesem bläulichen Saft zu produzieren.
Plötzlich packte ihr Alpha, dessen enorme Körperkräfte ich bei meinem ersten Fluchtversuch zu spüren bekam, sie unter den Achseln, hob sie mühelos hoch, und setzte sie auf seine braungrüne Spitze. Langsam glitt das riesige Ding immer weiter in sie hinein, und ich fragte mich ernsthaft, was in ihrem Inneren wohl mit diesem Pfahl geschah.

Abermals hob er sie hoch, damit sie erneut seinen Knüppel in sich aufnehmen konnte. Abspritzen wollte er aber nicht. Und so ließ er sie wieder neben sich auf den Boden herab, von wo sie noch einmal gierig über sein Ding herfiel.

Das Zeug schien ihr zu schmecken, da war ich mir sicher. Und immer mehr wuchs auch in mir der Wunsch, noch weiter mit dieser seltsamen Spezies zu verschmelzen.
Ich zerrte und zog an meinen Halterungen, denn ich wollte auch dorthin, um von ihrem starken Alpha verwöhnt zu werden.

außerirdische **Begierde**

Das hocherregte Clonmädchen stand nun auf und kam langsam auf mich zu. Ihre Insektenaugen funkelten, ihr schöner Mund und ihr Kinn waren blauverschmiert.

Mit einem Ruck bog sie meinen Kopf nach hinten, öffnete ihre Lippen und ließ den herrlich dunkelblau schimmernden Saft in meinen offenen Mund fließen.
Und ich ließ ihn in mich laufen; es war wundervoll! Der herrlichste Nektar, den ich je getrunken hatte. Ich brauchte fast gar nicht zu schlucken; wie von selbst lief das Zeug meine Kehle hinab.

Und welch herrliche weiche Lippen die Kleine hatte. Mit flinken Zungen schoben wir uns gegenseitig die Reste des blauen Liebessaftes zu, der unsere Wangen und Lippen bis zum Kinn bedeckte. Wir schmatzen, züngelten, knutschten und leckten; und ich befingerte ihren Körper, wo ich nur hinlangen konnte.
Manchmal kam sie schon keuchend, wenn ich ihr nur auf den Venushügel drückte.

Unterdessen hatte mein Fotzenmeister mich mindestens zehnmal vom Paradies in die Hölle getrie-

außerirdische **Begierde**

ben und wieder zurück, bis ich fast die Besinnung verlor.
Der Sitz des Fauteuils war ein einziger See.

Doch kaum hatte ich meine Selbstkontrolle wieder, da fuhr mein Fotzenmeister seinen insektoiden Saugrüssel aus und wanderte damit noch einmal über meinen Bauchnabel nach unten.

Die schleifende kitzelnde Bewegung, die sein Endstück auf meiner Haut ausführte, machte mich gerade schon wieder geil. ...

... doch dann wurde es wieder dunkel um mich, und das mir bereits gut bekannte Signal erdröhnte in meinen Ohren. Im Schimmer der grünen Notbeleuchtung konnte ich nur noch die Umrisse dieses Individuums erkennen, das sich über meinen Bauch hermachte. Der Boden vibrierte, Schleifgeräusche und Krachen wurden nun uner-

außerirdische **Begierde**

träglich laut. Da sah ich den enormen Kopf des Aliens im grünschimmernden Licht, ganz dicht über meinem Gesicht.

Das Wesen blickte mir direkt in die Augen und fing plötzlich zu reden an.
Mit unerwartet weiblicher, sanftmütiger Stimme fragte es: "Tee oder Kaffee?"

Ein greller Lichtschein erhellte augenblicklich den Raum. Eine warme menschliche Hand streichelte meinen Bauch.

"Guten Morgen, meine Süsse! Willst Du nicht endlich aufstehn? Der Baggerfahrer ist da und hat bereits begonnen, den Garten für unseren Pool auszugraben; also was nun: Tee oder Kaffee?"

"Dich!" raunte ich in meiner ausserirdischen Begierde und riss Liza, meine süsse geliebte Gespielin zu mir ins Bett. ...

"Träume erlauben uns, jede Nacht ohne Folgen verrückt zu spielen."

"Der kostbarste Besitz eines Mädchens ist die Fantasie des Mannes"